洪淑苓 著

尋覓，
在世界的
裂縫

序 在時間的裂縫裡，溫潤

蕭蕭

在電子無翅而飛流的時代，洪淑苓寫作、出書是可以數算的緩慢。詩人的她，第一本詩集《預約的幸福》遲至（或者也可以說「早在」）二〇〇一年七月出版，那時宣稱要「以詩的敏銳，爲人間預約一份平凡而寧靜的幸福」，要具體實踐「溫柔敦厚」的詩教，好像都在預示：生活、寫作，待人、接物，步調就是舒舒緩緩，安安穩穩。第一本詩集收錄的是作者自八〇年代以來到二十世紀結束所發表的作品，這一算將近二十年，這長長的十幾年歲月，已足夠她詩作的風格「由最初的甜美抒情，逐漸轉向圓融飽滿」了！試想，一個人的脾性或者說一個詩人的風格，要由甜美抒情轉而爲圓融飽滿，那眞的需要十數年，洪淑苓也眞的走了十數年，但不要忘記，她是以一本詩集完成的。——你能說什麼？那是她早就預約的幸福。

第一本詩集《預約的幸福》「早在」二〇〇一年七月出版，這第二本詩集仍然是在十五年後的二〇一六年才推出，這就是詩人洪淑苓在今日臺灣詩壇的特殊貌，在許多詩友天天貼詩、年年結集中，顯現另一種不理會時間的優雅。

這種優雅，洪淑苓自己是知道的，「寫詩的我，是個沉思、寧靜的我，傾聽內在的韻律，揀選素樸的語言，用文字編織一張柔軟的網，網住夢想、愛與美；這心情，如同窗邊的玫瑰看見自己在明亮玻璃上的投影，也感受到風的輕拂，以及風走過後，玫瑰輕輕的嘆息。」這段話中全是了解洪淑苓的關鍵詞、小鑰匙：沉思、寧靜、傾聽、素樸、柔軟的網、夢想、愛與美、玫瑰的投影、風過後的嘆息。如此沉靜的中文系溫婉、女性絲綢觸感、隔鄰災難的傷愁、小餅乾的歡悅，都可以在這冊詩集的卷軸裡遇見。

這冊詩集排在最前的一首詩〈風與玫瑰〉，體現了這種詩的情趣與調性。

窗邊的玫瑰
對著過往的風
攤開右手掌
她說
我不要你迷戀我的微笑
我要你讀懂我的掌紋
那是我寫的詩

風照例親吻她柔嫩的面頰
也破例閱讀她的掌紋
錯綜複雜
這是命運，不是詩
風用三秒鐘解讀了她的一生

風離開了
玫瑰凝視自己的左手
緊握的
一卷詩藏在裡面

詩以含蓄爲上，以折射爲優，很多人讀詩喜歡問「爲什麼」，以這首詩爲例，他們要問：爲什麼玫瑰能與風對話？玫瑰怎麼會有掌紋？風如何用三秒鐘解讀玫瑰的一生？問題很好，但詩人在陌生的水的一方，她如何回答你？屈原、李白在記憶淡白的所在，他們如何回答你？俗話說：「家，不是講理的地方。」初聽，很多人反問：「家不要講理？」不是不要講理，這是體會的方向錯了。很多人，理，直了，氣，也壯了，不過，家的平安和諧也毀了！家人相處，大部分的時候不是拍拍肩膀、使個眼色、皺一下眉頭，就能傳意嗎？家，眞的不是講理的地方，而是講情的所在，不需要把理辯得那麼透徹。詩，也不是講理的文類，要的是一種「愛」的感覺。以情、以感覺來看〈風與玫瑰〉，如果將「窗邊的玫瑰」想成是一個女孩，「風」則是一個情意中的男孩，那一切的疑惑不就解決了，詩中「掌紋」所暗示的則是一般人的一生命運紀錄，女孩改以詩來撐起這些遐想，讓「掌紋」、「命運」、「詩」來回往復激盪，在似與不似、可擬與不可擬之間飛翔、流動。這種「飛翔、流動」就是詩，卻也不是「理」字所能耙梳。

這種詩的情趣與調性，從《預約的幸福》到這冊《尋覓，在世界的裂縫》，所在皆有。不過，一個長期浸淫中文系的學者詩人，洪淑苓從早期的甜美抒情、傳統的圓融飽滿，到今日的自在飛流，其實隱藏著一股別人所不易察知的「活水」。古典詩學一直在「言志」、「緣情」中或偏或倚，洪淑苓的詩作卻特別走出「敘事」的、瘦長的、少人行的路。

細看《尋覓，在世界的裂縫》，除了卷一是在傾聽內心的韻律，其他五卷不是都在敘說可見可聞的事緣，由近而遠？

卷二談的是尊卑至親、父母子女的言動交流，仔仔細細以詩爲記。卷三是爲女性發聲，不以傳統溫婉爲期約，「女聲尖叫」絕對不是生活中洪淑苓的面向，卻是卷三詩的主軸。卷四是現實的災難事件，失業、自殺的陰風慘霧，雖然書寫這些災難出自於內在的同理心，卻以記敘、重臨的現場感爲其脈絡。卷五是溫馨的師生情誼，以詩爲媒的印記，藉由糖、弦的美好引入詩的美好，「微行動」教學的紀念品。最後一卷是旅遊的實錄，千眞萬確的空間的移轉，卻在卷名上假稱爲「時間的邊境」，有時、有空，有人、有事，洪淑苓在傳統中文系的系譜中理出一條少人行的路。

少人行的敘事路上，洪淑苓其實也發展出少人知的敘述訣，詩味就在這個小小的轉折上提舉出來。請析賞這三段詩：

而我猜想您也許在南方
唱著望春風白牡丹
用河洛話
宏亮地
叫醒每個沉睡的夢

曾經，您有一把蝴蝶牌口琴
——〈口琴〉段

那天您吵著要回家，吵著吵著
渙散的眼神不再看著我
生氣了嗎？
您將面容轉向西方
那是日落的方向
您不回頭
我連一滴淚也不敢掉
——〈滴淚〉段

我應該到哪裡尋覓
進站、出站的人潮
一千個詢問
一萬個謊言
我不相信您去了北方

自秋涼的九月
霜降、雪落
（我扶著母親散步，她說找不到另一只枕頭）

——〔枕頭〕段

——選自〈尋覓，在世界的裂縫〉中間三段

每一段的敘述語都會在最後一句跳開，跳到某一個似相關又不相關的位置，保持某種情感的溫度。

如〔口琴〕段，先是敘說著自己揣想的父親可能離去的方向，渾厚的丹田可能叫醒沉睡的夢（最好是先叫醒父親的沉睡），多順暢的敘述，結果，一跳跳到父親善於吹奏的口琴，實不相關，卻又都是父親聲音的回憶與捕捉。

如〔滴淚〕段，前一大節是父親臥病在床或父女漫步時的情節，末一句則是今日悲痛難抑，欲哭無淚的現實。

如〔枕頭〕段，正在訴說自己的尋覓、思念、猜疑，還從現實天氣的秋涼直接轉到情感的霜降、雪落，「我扶著母親散步」，多自然的生活實錄，卻急轉爲母親的思念，那不再共枕的沉鬱、重傷，卻是這麼一句平凡的言語所帶出。

我們都在世界的裂縫中尋覓，尋覓親情，尋覓理想，尋覓愛。

洪淑苓的詩給了我們情愛的溫潤。

二〇一六年驚蟄之前　寫於蠡澤湖邊

序　學術推升才情

——讀洪淑苓詩集《尋覓，在世界的裂縫》

陳義芝

十五年前（二〇〇一年）洪淑苓出版第一本詩集《預約的幸福》，總結第一階段寫詩成績，受到詩壇注目。〈腥臊的雪繼續下著〉是其中極突出的一首，詩發表於二〇〇〇年三月八日婦女節，副題「爲張富貞、彭婉如、白曉燕三位女士而寫」，三人皆受強暴遇害，命案分別發生於一九九一年六月、一九九六年十一月、一九九七年四月。「腥臊」是穢惡難聞的氣味，「腥臊的雪」即男性精液的意象。

「那夜我夢見自己的裸體／被春天的響雷鞭打／S型的閃電／奪走我懷中的紙」，敘事者設身處地感受性暴力，「S型的閃電」指男性（sex）侵害，「懷中的紙」因被奪走則無從書寫、發聲。接著，她描述了三個女性遇害場景，彷彿自己也是靈魂被撕碎、小指被剁下、裸露身體的受難者，「這雪，已經淹沒／我的雙膝、肚底、胸、肩／我已無處可躲／被麻繩綑綁的手不能寫詩／被膠布封纏的口不能喊叫／我的鼻我的耳我的眼……」，撲天蓋地而來的腥臊的雪埋葬了我。最終，女性剩下什麼？「我只剩下父親給的名字／刻在堅強的／且字型石碑上」。女性剩下的只是父權（父親）的一點恩賜，男人所命的名。「且」字古義爲殺牲供神的禮器，又可釋爲祖先牌位，或說是男性生殖器的象形。不論做何義解，都可用來詮解洪淑苓詩中的「且字型石碑」：女性在幾千年男性主導的封建文化中，注定是犧牲者。詩題出現在詩篇最後一行，強烈暗示女性的處境未變。（這首詩若重新刊行，刪去開頭兩行，[1]當更爲凝鍊堅實。）

十五年後的今天，洪淑苓繼論述台灣前行代女詩人自我銘刻的學術專書《思想的裙角》（台灣大學出版中心，二〇一四年）後，即將出版第二本詩集《尋覓，在世界的裂縫》，創作更得心應手，最具表現力道的仍屬爲女性發聲的作品，大多輯入卷三「女聲尖叫」。

有關女性意識，洪淑苓並不全鎖定在「反抗」、「出走」上，換言之，不一定要做陽剛的「女強人」，凡展現旺盛生命力、執著地擁抱愛情、開發女性特有感覺、承擔人生風霜雨露、或作爲美與愛的化身，都算是。[2]在這本最新詩集的序文，她進一步說：「寫詩的我，偶爾冒出按捺不下的悸動，爲女性發聲。對傳統女性的處境、對時事新聞裡的女性及女性內心的世界，我都有相當深刻的感觸和好奇。」

1 〈腥臊的雪繼續下著〉開頭兩行自成一節：「我還是躲起來／寫美美的詩比較好」。

2 參閱洪淑苓：《思想的裙角．緒論》。

前述〈腥臊的雪繼續下著〉即從時事新聞，帶出女性處境的感嘆。新詩集中的〈女聲尖叫〉，再度揭發同一黑暗陰影，不論在電梯、計程車、公寓中，也不論多大年紀，從六歲到六十六歲，「女聲尖叫／在巨大的陰影底」。〈小紅帽變奏〉則爲童話原型角色注入新觀點，童話中的大野狼變成性侵者，小紅帽的災難不是被狼吞下肚，而是遭「狼吻」，在體內留下一個被啃咬過的紅蘋果果核。〈公主和小金球〉也藉《格林童話》本事，映現出傳統的「女性宿命」：

現在，你坐在我對面
（你一直坐在對面）
無論是青蛙，王子，還是史瑞克
我都為你煮飯，為你洗衣，為你生孩子
（這就是你的三個願望嗎）

並爲現代女性指出另一條路——生來不是只有煮飯、洗衣、生孩子這等事，女性可以書寫，可以書寫就不怕孤獨，不怕孤獨就不必依賴別人：

金球丟了就算了
我還留著一枝羽毛筆
那是靈感女神悄悄給我的
很久以前，在連續的白色的夢中
而，我將開始書寫
在遺失小金球之後
在躲進水晶瓶之後
在老年，孤獨一人之時

像這樣的女性思索，散見於諸多詩作。〈睡美人的睡前祈禱詞〉：「我希望我醒來／一顆膠囊可以抵用三餐／這樣我就不必學會煮菜，在烏煙瘴氣的廚房」；〈卡通告白〉：「可以不吃蘋果嗎／我已經五十歲了／白雪公主說／我不再期待白馬王子／也不需要　減肥的蘋果」；〈風與玫瑰〉：「窗邊的玫瑰／對著過往的風／攤開右手掌／她說／我不要你迷戀我的微笑／我要你讀懂我的掌紋」。最具戲劇張力的要屬〈晚間新聞〉，一個夢碎的主婦厭棄男尊女卑的生活狀態，生命遭逢一個外人無法知道的狀態，她決定投湖：

我就要走了
除了腳上的拖鞋

我燙好了他的襯衫
做好了孩子明天的便當
還多做了布丁果凍——
當孩子找不到媽媽
他們還可以吃著媽媽做的點心

我要走了
我什麼行李也不帶
除了無名指的銅環——
好讓他從晚間新聞裡辨認是我

女性的心思，即使在最決絕的時刻，即將捨棄當下的自己，仍然眷顧身後的家人。這「溫柔」顯出巨大的暴力，是一點一滴累積終於潰決的抗議，也反襯出死志的悲哀。讓男人在晚間新聞中辨認出我，爲的是揭露眞相，不再隱忍吞咽，以至極的悲哀「偷襲」過慣舒服日子的男人，並讓大眾爲她同聲而悲。這行動看似弱者，這心思卻是強者。這首詩的語言是洪淑苓詩一向擅長運用的生活口語，生活口語入於平庸之手容易挾帶社會性雜質——所謂通俗意識、冗贅的連接詞及刻意的說明。〈晚間新聞〉著墨於情景描繪，卻能不帶雜質而使得口語清健，生出詩意，這是洪淑苓經久鍛鍊的語言功力。

本集優異作品頗多，堪稱洪淑苓新世紀創作成果展。卷一「風與玫瑰」，卷二「講故事的時候」，卷四「早餐桌上」……主題不同，但都有內在的韻律，耐人尋思，讀者請自行參閱。

「守衛獨立思考的價值，鼓舞我們用更銳利的眼光去看取世界」，是唐捐十幾年前主編《震來虩虩——學院詩人群年度詩集2002-2003》的序言，他主張學院精神應與人間血氣相交集。二〇一六年我讀洪淑苓的新詩集初稿，其代表作確實是在這一交集點完成，做爲一位學院詩人，其才情創新學術、學術推升才情的道理也因以得證。

二〇一六・一・廿九寫於紅樹林

序　她的詩，射出了匕首

顏艾琳

學院派教授女詩人該是什麼樣子？這頭銜若加上女兒、妻子、母親就有五張面相，拼成洪淑苓這一個人了。可以想像，洪淑苓該是多麼忙碌，在不同的生活空間裡，必須「變臉」切換身分，扮演好這至少五個角色。

好豐富精采的人生呀，這是外人的羨慕詞；好重好累的生活節奏呀，這是同爲類似立場的我，感同身受的拍肩安慰語。能者多勞，向來是對一個能量強大者的恭維，但這樣願意付出的人，除了有利他再利己的反饋思維之外，有一點是外人無法想像的固執，「心靈的起、滅即是肉身的在世輪迴」，一輩子因身分的多重，而活出了許多人渴望的精彩生活。如此願意讓洪淑苓扛起諸多責任的核心，是創作。

是的，創作讓洪淑苓統合爲一，不至於讓隨時切換的身分分裂了「我」，寫詩成爲俗世身分的我們，救贖跟發現自我內在力量的途徑。「寫詩的我，是個沉思、寧靜的我，傾聽內在的韻律，揀選素樸的語言，用文字編織一張柔軟的網，網住夢想、愛與美；」一張紙跟電腦裡新開的一個檔案，當所有的身分都忽然一時無用，只剩自己純然的思考，且化爲文字出現的時候，詩人這身分，只對當下個人，顯得多麼尊嚴神聖。那些其他的頭銜、樣貌裝扮都不值一顧了，詩成的一刻，一頂孤獨的荊棘皇冠，即完成自我的加冕。

大家認識的洪淑苓是多元角色：母親、妻子、媳婦、女兒、教師、學者、主管、創作者，我們無法得知洪淑苓如何在生活的場域中跳探戈、跑百米，但可以透過她這本最新出版的詩集《尋覓，在世界的裂縫》，在詩中看見她對世界諸般現象的情懷。而讓我驚艷出身典型中文系的女詩人洪淑苓，是在二〇一三年我跟大陸詩人潘洗塵合編《生於60——兩岸60世代詩人》，我負責廣邀同此條件的台灣詩人，一九六二年出生的她發來一組詩，讓我顛覆了以往對她的印象。有〈風與玫瑰〉、〈醉〉、〈秋的詠嘆〉、〈地震日記〉、〈早餐桌上〉、〈水．流．詩〉、〈合婚〉、〈康乃馨爲憑——給剛兒〉、〈貓一樣的〉、〈人魚公主的母女對話〉、〈元配夫人〉、〈退〉、〈五色〉等，其中卷一的「風與玫瑰」所收詩作，並不如她所說那般典雅、自言自語，就我看來無疑是朵鏗鏘玫瑰，試看〈風與玫瑰〉：

窗邊的玫瑰／對著過往的風／攤開右手掌／她說／我不要你迷戀我的微笑／我要你讀

懂我的掌紋／那是我寫的詩
風照例親吻她柔嫩的面頰／也破例閱讀她的掌紋／錯綜複雜／這是命運，不是詩／風
用三秒鐘解讀了她的一生

風離開了／玫瑰凝視自己的左手／緊握的／一卷詩藏在裡面

我認為這首詩簡直是自況，洪淑苓顯現一種不怕誤讀、不被世潮接納的勇氣，可作為這本新詩集的破題之詩。而本輯中的〈戰爭與玫瑰〉、〈詩與玫瑰〉、〈荷花詩抄〉跟〈秋荷十帖〉將自己感悟戰爭、內在哲學寄語玫瑰、荷花，似乎有轉嫁這兩種花語的潛意思，嫁接到自己私淑於詩創作的鍾愛、純然對待寫詩的繆思，文字看來柔美實則剛強，我竟讀出洪淑苓的一心孤意，在〈在茫茫風中〉與〈一邊，一邊〉，也隱隱對其女性多元身分的負載，透露出無奈的孤挺姿勢。「一邊（　）一邊（　）／你的多邊形，沒有中心／永遠在趕路的職業婦女／女教授的人生」呼應著〈風與玫瑰〉的左右手那不同的命與運分歧。生活可以平常又卑微，洪淑苓想留在人間的自我圖騰，還是詩的，見〈以詩的方式〉中「死亡，或者離開／以詩的方式」。

洪淑苓寫抒情、典雅的中文系一類的詩，在此詩集中似乎化爲繞指柔，讀之不會有文白相雜、唐宋詩詞附身的句子，她破除中文系詩人的罩門，不論寫跟父母的女兒或小家庭裡的母親身分，她的親情詩裡所流露出來的關懷、擔憂，可能會讓女性讀者心有戚戚焉。在〈人魚公主的母女對話〉她對五歲的女兒講童話故事，卻要女兒思考女性的自主與獨立，「每一次故事都是這樣說的／人魚公主變成了泡沫／潔淨的靈魂升上天空／／每一次，故事——／故事不是這樣說的／為了挽救你的眼淚／這次，我撕掉了後面兩頁⋯（中略）⋯遠處又有船難發生／每一次，故事都是這樣開始的／我的小小美人魚／你可千萬千萬不要／靠——近」詩裡面那句「把自己餵給了死神」警示傳統觀念裡女性的自我犧牲，女兒可千萬不要爲愛而喪失了自我的主權。期勉女兒是人生故事的主角，也出現在〈講故事的時候〉跟〈卡通告白〉；講述親子情感的縫補，〈這是一句多麼古老的話〉讓我們看到母親的她，放低所有的身分高度，痛在內心的情緒，心也跟著如針插般地疼起來。卷二裡的詩充滿濃厚親情，卻不一昧地抒情到甜膩，耐讀且不落俗套。雖有些仍以中文系的腔調道出，但比例已經比學院派詩人少很多，逐漸形塑出她的語氣風格。

詩集中最不像洪淑苓溫和形象的，集中於卷三「女聲尖叫」、卷四「早餐桌上」。從〈女聲尖叫〉、〈無題〉、〈晚間新聞〉、〈睡美人的睡前祈禱詞〉、〈小紅帽變奏〉、〈美女與野獸——罰款篇〉、〈公主與小金球〉、〈冷調子〉、〈深秋〉、〈早餐桌上〉、〈靈魂的碎片〉、〈立春的河水〉乃至於卷六的〈時間之岩〉、〈海的呼吸是一種寧靜〉、〈煙花盛開的時候〉等詩作，從上述舉例的篇名，亦可看出洪淑苓這十五年來，因爲帶孩子重新閱讀童話故事、母親身分的增添更注重社會時事、環境問題。女人天生的母性悲憫，讓她的詩在面對動亂的局勢，射出了一把把尖銳的匕首。洪淑苓的文字匕首想戳破這些謊言、僞道德、父權、不平等的觀念，這些充滿指責與嘲諷的詩句並不張牙舞爪，而是她以母親或說書者的口吻重新詮釋童話跟神話，挖出裡面深藏的扭曲人性，藉以教導子女獨立思考。

這些詩宛如屠殺美好童話的刀劍，溫文柔雅又鋒刃尖利，不管是拋射還是俐落刺進，都有突然被刺到、一語中的之痛快感。這樣的詩、意識形態出於一位身分眾多、生活快節奏的中文系女教授，我想，洪淑苓不僅以這本詩集形塑出非典型的學者詩人，更讓愛詩人發現了一位詩的蒙面女殺手。

二〇一六年四月廿八日定稿　於三重有品之家

自序

洪淑苓

二〇一四年我出版了學術專書《思想的裙角——台灣現代女詩人的自我銘刻與時空書寫》，現在接續出版自己的詩集，感覺格外興奮、有意義。

這是我的第二本詩集，距上一本《預約的幸福》已是十五個年頭。檢視這漫長的歲月中我所做過的事，除了家庭與教書研究工作，還包括六年的台大藝文中心主任與三年的台灣文學研究所所長的職務。是怎樣的勇氣與擔當，使我可以同時擔任這麼多的角色：母親、妻子、媳婦、女兒、教師、學者、主管以及創作者？而又為什麼堅持詩人的身分，以致斷斷續續寫著，仍然要結集成書？

這些疑問也許不需窮追答案，因爲寫詩的人知道，一旦愛上詩，便是終身與詩爲伍。但寫詩的「我」究竟和其他的「我」有什麼不同？

寫詩的我，是個沉思、寧靜的我，傾聽內在的韻律，揀選素樸的語言，用文字編織一張柔軟的網，網住夢想、愛與美；這心情，如同窗邊的玫瑰看見自己在明亮玻璃上的投影，也感受到風的輕拂，以及風走過後，玫瑰輕輕的嘆息。而很久很久以前，我有個看荷花的秘密基地，無論是盛夏、秋涼，我帶著小畫冊和筆，胡亂塗鴉，和荷花、荷葉對話。嗯，很古典的我，卷一的諸篇，可以印證。

很古典的我，情感表露也是含蓄委婉的，但孩子可以獲得我滿滿的、毫無保留的愛。老大出生時，我寫了〈康乃馨爲憑——給剛兒〉，而今他已大學畢業開始工作，但他爲升學而奮鬥的背影，仍留存在我腦海中，於是寫了〈灰色的毛衣〉等詩。也曾經爲大女兒寫了〈在鹿港寫給女兒〉，那年她才三歲；〈貓一樣的〉是寫給十三歲的她；現在她也已經大學畢業，變成一個上班族女郎。小女兒來得很晚，但她獲得一首很長很長的童話詩〈人魚公主的母女對話〉，然今年十六歲的她會再相信童話嗎？其他至親的家人，父親、母親和丈夫，也都有詩爲記。以上，一併收入卷二。

寫詩的我，偶爾冒出來按捺不下的悸動，爲女性發聲。對傳統女性的處境、對時事新聞裡的女性以及女性內心的世界，我都有相當深刻的感觸和好奇，因此筆下會出現〈女聲尖叫〉和〈元配夫人〉這樣作品。對童話，也因此有了不一樣的想法，有一段時間很努力的寫著〈睡美人的睡前祈禱詞〉這類的詩。但若說起女性彼此間的互動，二〇一〇年的「北一女畢業三十年重聚」活動帶給我莫大的震撼，喚起少女時的記憶與情感，除了寫成散文集《誰寵我，像十七歲的女生》，幾首長詩也都因此而寫。〈十七歲那年〉以下三首，都是在無可言說的激動下，提筆爲詩，細數少女時期的交誼、對女校生活的回憶以及重逢後的種種。有人說中年人的同學會是「懷舊治療」，殊不知女校的同學會，更有「回春」的效用，因爲她們——綠衣黑裙的她們是我青春的對鏡。有關女性的思索，都放在卷三。

卷四收的是一些現實的感懷，特別是對幾次大的災難事件，如南亞海嘯、復興空難等，或是對失業、自殺事件的感觸。面對這些，我的筆仍是這麼柔弱，無法爲他們抵擋任何傷害和陰影。

卷五的小詩居多，大多是在現代詩課堂上和學生一起創作的成品。爲了示範如何寫詩，我常常從食物入手，橘子、糖果、小餅乾，咖啡和茶，一邊品嘗一邊寫詩，構成我們師生美好的回憶；而每個班級也都做成班級詩刊留念。這些詩算是習作，因爲敝帚自珍也收入本書了。

至於寫詩的我，若在異國山水中，又是怎樣的呢？我從未想過旅行書寫這回事，因爲旅途中的我總是戰戰兢兢的，生怕迷路，要不然就是因爲帶孩子同行，注意力總在他們身上；以至於譬如二〇〇七年的荷蘭之旅，遲至二〇一四年才下筆書寫。二〇一四年八月彷彿是個新的起點，我卸下行政職務，剛好也接到幾個詩歌節、詩歌講座的邀請，特別是「捷絲旅台大尊賢館」的詩歌講座，我受邀主講三次，為了符合「與旅行相遇」的主題，我才把過去的旅行經驗整理出來，陸續寫下卷六的諸篇。而卷六所收的，除〈時間之岩〉、〈海語〉作於稍早的時間，其他可說都是在二〇一四年完成。以〈時間之岩〉和〈時間的邊境〉作為卷首與卷末，讓我想起先前也曾整理其中幾束詩，自印《時間之岩》小冊分送詩友。寫詩如此緩慢，出書如此稀少，「時間」對我無疑是無情而冷酷的！

兩本詩集相隔十五年，不禁暗笑自己常常在心底吶喊：「快點出詩集」終究是癡人說夢。不過，此夢畢竟也有成眞的一天。我說過了，一旦愛上詩，便是終身與詩為伍。我期待自己的第三本詩集。

洪淑苓　序於二〇一六年三月五日

卷一

風與玫瑰

卷二

講故事的時候

卷三

女聲尖叫

卷四

早餐桌上

卷五

薄荷糖的憶

卷六

時間的邊境

卷一

風與玫瑰

風與玫瑰

窗邊的玫瑰
對著過往的風
攤開右手掌
她說
我不要你迷戀我的微笑
我要你讀懂我的掌紋
那是我寫的詩

風照例親吻她柔嫩的面頰
也破例閱讀她的掌紋
錯綜複雜

這是命運，不是詩
風用三秒鐘解讀了她的一生

風離開了
玫瑰凝視自己的左手
緊握的
一卷詩藏在裡面

二〇〇一年十二月 創世紀詩刊一二九期

戰爭與玫瑰

——觀賞電影「珍珠港」有感

你爲何抹去眼角的淚
如果戰爭
只是一場立體聲的
演出

天剛破曉
雲霞才調勻今晨的彩妝
粉嫩　愛嬌的　嬰兒玫瑰
湛藍的太平洋爲她獻出
澄淨的眼神

靜悄悄的靜悄悄的遠方
什麼聲音嘶鳴著……

曙光乍現
雲霞披上絲光遮面
她輕盈移動腳步
所到之處
盡是玫瑰的甜香

靜悄悄的靜悄悄的遠方
什麼聲音悶吼著——
火球破繭而出
太陽，啊，今日的太陽

怎的焚燒如狂
海的胸膛爲之爆裂
不爲情人的熱吻
而是死神連續拋擲的火花
點點、片片，浪潮一樣打過來
不再碧藍　海的眼睛更多更多
扯碎靈魂的
血的噴泉

靜悄悄的靜悄悄的遠方
什麼聲音低泣著……

雲霞轉換黑衣
閉垂不忍凝望的雙眸
只點綴玫瑰般的唇

那是腥紅的血色
和腥紅的海水一樣鹹澀
靜悄悄的靜悄悄的遠方
什麼聲音低吟著——

戰爭帶走完整的圓
送回來的是殘缺

你輕輕抹去眼角的淚
祈願　這只是一場
立體聲的演出

二〇〇一年九月三日　台灣日報副刊

詩與玫瑰

如何
描繪你
眼中的風景
當滿園的玫瑰
都開向粉橘色的遠方

她們聆聽
一片片綻放
一片片凋零
綻放是歌　芬芳的歌
凋零是詩　寧靜的詩

啊！誰飽蘸月色
在墨綠墨綠的葉叢間
栽種點點的溫柔

叫人生命發光的　是詩
而玫瑰　是閃爍在你眼底
一朵粉橘色的幸福
如果滿園的玫瑰
都開向詩意的遠方

——為八十九學年度「現代詩選」班而寫，
以詩箋祝賀畢業，願一生讀詩愛詩。

二〇〇一年十二月　創世紀詩刊一二九期

5

怎樣寫一首荷花詩
只有閉上眼睛
讓粉紅色的音符
翠綠的香味
在你的掌上　跳舞

6

這是多風的午後
雲　在天空爭吵
因爲她們照鏡子的時候
發現自己變成了
一朵朵愛睏的荷花

7

整座荷塘被寧靜佔領
荷花的心事
被昨夜的月光載走
只留下　點點浮萍

8

不斷有人從荷塘邊走過
他們在說什麼
指指點點的
荷花根本
不愛聽

9

「摘一朵回去怎樣?」
「蓮蓬裡的蓮子可吃?」
「蓮就是荷,荷就是蓮?」
好問的人們
把詩的女神　趕走了

10

夏天就這樣過去
只有詩
留在我心中

二〇〇一年八月一日　台灣日報副刊

秋荷十帖

一、叩問

投小石於你的波心
那是時間的叩問
夏的繁華
在蟬的哭泣中消逝
枯黃
是秋荷宿命的
開始

二、鵝

若不是白鵝
划過這一潭細碎
我幾乎以爲
時間
等於
永恆

三、荷葉・盃茶

留給我的
只有半綠的荷葉
焦黃的蓮蓬

這是秋的印染
悄悄的
等待收藏

而我盃中的殘漬
已是今春最後的碧螺

四、小盆插

用兩枝寧靜
挽留時光
靛紫
鵝黃

五、木格窗

秋涼了
我只能在高處望荷
荷　不見芳蹤
她說
去詩詞中尋我

六、枯荷

李商隱的恨
從春到秋
你呢
你眼底的
一叢叢枯謝

時間如流水
你，偏想去攔截

七、行人

孩童和老人
一起在黃昏出現
愉快地散步
孩童總是在跑
　跑在前面
老人總是在後
　不慌不忙走著

一條時間的曲線
沿著秋天的荷塘
劃～～～～～～

八、浮萍

荷塘有魚
浮萍是它們的代言

荷葉枯折
浮萍是過早滴下的淚

荷花，荷花離去時
勢必把秘密都交給了浮萍

秋寒如水
浮萍的翠綠
是一種承諾

九、工事

藍色載卡多
載來水泥紅磚
半圓形的灰白
像我恆常圈出的
半圓形荷塘
荷花詩抄　如同
未完的
工事

十、未了

夕陽秋色
他們說你是古典的
而荷花已經出走

自這詩意的畫框
我爲之題詩
秋舞翩翩
萬般休
只有
香
未
了

二〇〇三年十月六日　聯合報副刊

在茫茫風中

——關於電影《濃情巧克力》及其他

在茫茫風中
你的裙角飄揚

沒有戰爭
沒有苦難
只有房間內娃娃的哭聲
只有廚房裡成堆的碗盤
古老的差事
古老的煩惱

你幻想著北風吹起的時候
你會和雲一起飄走
要不，和那個女角一起
到更遠的地方
她的櫥窗擺賣巧克力甜點
而你在窗邊小桌寫詩
來往的人不少
但無人知曉你
也無人讀你
你只是一直寫一直寫
直到天色暗了
直到銀幕也黑了

不知道季節的風去了哪兒
不知道小鎮的人去了哪兒

不知道那個女角去了哪兒
還繼續做蛋糕做巧克力嗎
還繼續寫詩繼續做夢嗎，你？
——如果連窗邊的小桌
都沒入黃昏的憂鬱中

你漫無目的走著
小巷盡頭是別人的家
別人家的娃娃哭著
別人家的碗盤堆著
這個黃昏你只想
像雲一樣的飄

像雲一樣
在茫茫風中

二〇一四年八月十四日作，於黄昏中的咖啡館
二〇一五年一月　乾坤詩刊七三期

一邊，一邊

一邊洗衣，一邊批改作業
一邊燉湯，一邊準備教材
一邊講故事，一邊想著論文的章節

早晨，你抱著孩子去保母家
因爲他總是睏的
然後，換上整齊的套裝
你說生活是粗糙的，詩是美的
在講臺上　對著別人家的孩子

以詩的方式

死亡，或者離開
以詩的方式

茶色漸淡
想要決裂的花生
只好保持完整的沉默

無法後退的懸崖
風箏咬斷臍帶
哀哀的，追逐自己的尾巴

雲很憂鬱
海唱著歌
浪花被高亢的旋律絞碎

雪掛滿松枝
隱翅果不再傳遞
幸福的消息

　死亡，或者離開
以詩的方式

二〇〇四年九月，唐捐主編，《震來虩虩——學院詩人群
年度詩集二〇〇二～二〇〇三》，萬卷樓圖書公司

尋覓，在世界的裂縫

列車在地底滑行
蛇一般地
繁華城市的底層有溼濡的喘息

有人告訴我
您在東方
與朝陽同起
荷著鐵鍬
翻動一束束紅光
老鐵馬輾過おはよう的早晨
您的少年比ㄅㄆㄇㄈ還要早誕生

而我猜想您也許在南方
唱著望春風白牡丹
用河洛話
宏亮地
叫醒每個沉睡的夢
曾經，您有一把蝴蝶牌口琴

那天您吵著要回家，吵著吵著
渙散的眼神不再看著我
生氣了嗎？
您將面容轉向西方
那是日落的方向
您不回頭
我連一滴淚也不敢掉

我應該到哪裡尋覓
進站、出站的人潮
一千個詢問
一萬個謊言
我不相信您去了北方
自秋涼的九月
霜降、雪落
（我扶著母親散步，她說找不到另一只枕頭）

列車在地底滑行
蛇一般地
抵達終站
又啓動成了起點
我應該到哪裡尋覓
我總以爲您會在下一站上車
我又害怕您已經在前一站下車

轉彎的時候如果列車脫軌
天會崩，地會裂吧
我是不是就可以找到您
在世界的裂縫？
（我到底在哪裡可以尋覓您，我最敬愛的父親）
列車，蛇一般地滑行……

附記：父親名諱木火，一九三一年生於台北，二〇〇三年九月廿五日病逝。父親少年正當日據時期，因略諳日語。國校畢業後即從事鐵砂鑄模工作。初，徒步上工，後方購單車代步。喜愛歌唱，丹田有力，歌喉渾厚，無師自通能奏口琴。如今音聲渺渺，何處覓尋。風木之思，無以還報。謹以此詩悼念父親。寫於父逝後七十日。

淑苓，二〇〇三年十二月五日

二〇〇三年十二月十三日　台灣日報副刊

這裡是倫敦

站在街頭
我們一起等紅色雙層公車
紫色大衣是我　棕色是你
就像那一年
棗紅洋裝是你　粉紅是我
我們在台北街頭走著
爸爸和你堅持買一套衣裳
當做我的生日禮物
但這裡是倫敦
爸爸已經離開五年

我帶著年邁的你，一起等著
紅色雙層的英倫公車

五年了，我不知道你的長夜如何度過
你說曬好棉被後找不到另一只枕頭套
（你還擔心爸爸又要罵你粗心）
你說衣櫥裡還留著爸爸的西裝褲
（你偷偷試穿，以爲會更貼近他的體溫）
你說爲了家計你把陪嫁的金項鍊都當了
（不過只要孩子健康，家人平安就好）
你說嬰兒的我多麼愛哭總是哭到天亮
（可是你永遠捨不得不理我不抱我）
你說外婆最喜歡跟人炫耀我得了博士
（你也是一樣嗎？）

在倫敦街頭的公車站牌下
你說的這些話我一直牢牢記著
我還記得帶你去大英博物館去白金漢宮
去看倫敦塔橋去溫莎古堡去肯辛頓宮
還坐火車去更遠更遠的愛丁堡
我們帶著麵包和水果
像小時候你帶我去公園一樣
一邊吃一邊玩耍
我們拍了很多照片
你說要洗出來放入相簿
你才會記得每個走過的地方

親愛的媽媽
我還會幫你記得
你在溫莎古堡吵著要吃冰淇淋

你在塔橋博物館幫我和泰迪熊合照
你在中國餐館點了炒麵
卻說別人的飯和煎魚看起來更好吃
到了愛丁堡
你包辦了早餐的黑布丁和羊肚子
你隨時帶著保溫瓶和茶葉
但不排斥熱咖啡

這裡是倫敦
我和你坐在旅館的大廳
等候接泊車送我們去機場
你忽然說你爸爸都捨不得出國玩
今天若是你爸爸也跟我們一起——

親愛的媽媽
這裡是倫敦
你說的每一句話我都記得
我們拍下來的每一張照片我也會記得
你想著爸爸的每一件事
你把爸爸放在腦海裡放在心裡
跟著我們一起到倫敦旅行
我也會永遠記得

二〇一二年九月十二日作，記二〇〇八年二月和母親同遊倫敦

迷路，在愛丁堡

古城的道路沿著山坡向上
我們在晚風裡走了一回
北國的暮色來得這麼慢這麼晚
我們都忘了彩霞
已經遍佈西天
流浪漢打開舊報紙破毯子
在廊下在路邊佔好地盤
穿蘇格蘭裙的風笛手
神祕地消失了

我們在王子街公園漫遊
剛才繞過高街和北橋路
而現在又回到王子街徘徊
看　人潮往來
提著行李的要去旅館報到
揹著背包的
想必還要看看這古堡的夜色

嘈雜的夜，熱鬧的街頭
我們並肩站著
哪裡是今晚的住所
（這是我們第一次沒有預定旅館的旅行）
你握著我的手
更緊的握著
我的心裡是害怕的

（你呢　你怕不怕）
我也緊緊握著你的手

那時的我想著
戰亂也好
流浪也好
出走也好
就算是小小的
迷路也好
反正，我們就這麼握著
不要被人群衝散
不要，不要輕易地
鬆開握著的手

如今，回想起那個異國的黃昏
我還是這麼想著
迷路也罷
出走也罷
流浪也罷
戰亂也罷——
直到那生與死的界線
我們都要緊緊握著
你的手
我的手

附記：追憶一九九七年七月愛丁堡之旅。某日在愛丁堡迷路且遍尋不著住處，兩人並立街頭，遂有患難天涯之感。此事掛心甚久，但無從下筆，又幾度廢稿，二〇一四年八月廿三日終於完稿。

二〇一四年十二月　創世紀詩刊一八一期
入選陳義芝主編，《二〇一四台灣詩選》，二魚文化出版社

輕輕

夏日的玫瑰在牆角私語
風是輕的
腳步是輕的
我們的交談也是輕輕的

輕輕的
你握著我的手
輕輕的
我對著你笑
我們的眼裡只有彼此

而玫瑰吐露芬芳
也是輕輕的

二〇一四年七月七日作

方向

——給夜讀的剛兒及同為國中生的孩子們

你可能是飛行員
也可能是航海家

你可能正要穿過雲層
也可能必須越過迷霧

爲了照亮你的旅程
我多麼希望我是一枚月亮

爲了撫慰你的孤獨
我多麼希望我是一顆小星星

但，你要答應：沒有月亮的晚上
你要找到自己的北極星

沒有星星的夜空
你更要用堅定的意志

明亮的眼睛
找到自己的方向

二〇〇四年六月十七日　聯合報副刊

灰色的毛衣

——給十五歲的剛兒

你漸漸長成一個瘦高的
陌生男子
嘴角有靦腆的笑

（我是不是把你打扮得太老氣
在灰色的毛衣裡？）

你也愛聽王子和公主的故事
在很小很小的年紀
你還專心研究過迅猛龍的歷史

（我開始猜想你打電話給誰
打電話給你的又是誰？）

昨夜你喝下熬夜的第一杯咖啡
說
好苦

（我以爲你會藏著情書和漫畫
你的書桌堆滿的卻是「一綱多本」）

你變成全家最晚睡覺又最早起床的人
你背著厚重的書包出門
卻輕輕帶上鐵門怕吵醒大家

（我聽著你上學離去的聲音
一點都不知道我能爲你做什麼）

我聽著你上學離去的聲音
一點都不知道
（一點都不知道）
我能爲你做什麼
（我能爲你做什麼）

二〇〇五年一月十八日作

二〇〇七年四月，洪淑苓主編，《在世界的裂縫——學院詩人群
年度詩集二〇〇四～二〇〇五》，萬卷樓圖書公司

人魚公主喝下巫婆的魔藥
尾巴裂開，失去自己的聲音
被王子救回皇宮
跛著腳，跟著他穿梭玫瑰花叢
等待一句眞心話

直到——
王子將要迎娶鄰國的公主
姐姐們帶來一支小刀
「刺死王子！」
你說
爲了挽救人魚公主的命運

「一定要刺死王子！」

但是，故事無法繼續
如果刺死了王子……

人魚公主望著王子熟睡的臉龐
把小刀拋向大海
把自己餵給了死神

每一次故事都是這樣說的
人魚公主變成了泡沫
潔淨的靈魂升上天空

每一次，故事——
故事不是這樣說的

爲了挽救你的眼淚
這次，我撕掉了後面兩頁

直到——
王子將要迎娶鄰國的公主
姐姐們帶來了一瓶解藥
那是用珍珠項鍊和巫婆換來的

「趕快喝下解藥！」
爲了挽救人魚公主的命運
我們一起看著她喝下

靈巧的尾巴變回來了
好聽的歌聲唱起來了
人魚公主游回海底世界

你開心地笑了

遠處又有船難發生
每一次，故事都是這樣開始的
我的小小美人魚
你可千萬千萬不要
靠——近

二〇〇五年十二月 海鷗詩刊卅三期

講故事的時候

講故事的時候
媽媽是手拿魔法棒的巫師

把童話裡的獅子，稻草人，奧茲女王
通通叫出來　跟著你走
你是那活潑又勇敢的桃樂絲
帶著大家找回獅子的心
稻草人的聰明頭腦
一起和奧茲女王快樂地遊行

講故事的時候
媽媽是派出小兔子的巫師
讓小兔子守候在你腳邊
和你一起聽故事
你會跟著愛麗思
掉進幻想的洞裡
喝藥水變小變小
吃磨菇長大長大

講故事的時候
媽媽是永不斷電的播放機
一頁一頁翻閱
一夜一夜看你入睡
甜甜的笑容掛在嘴邊

而龍捲風甩著尾巴離開
巫婆騎著掃把離開
小精靈乘著雲朵離開
這世界安靜了
安靜
安
靜
噓
噓
…………

——於德州大學奧斯汀分校參加學術會議，
想起桃樂絲歷險記，
以及為孩子們講故事的夜晚。

二〇一四年三月一日作
二〇一四年十月廿九日　聯合報副刊

這是一句多麼古老的話

——給母者

這是一句多麼古老的話
母心，母心
母心似針插

柔軟的心
任由你怒視的眼神如箭
任由你不耐的言語如針
乃至於巨大的沈默　　如
一把利剪
剪破記憶中童年歡樂的氣球

母親還是默默拾起那些碎片
重新縫補一個針插
仍然填滿柔軟的
話語和細碎的煩惱

但你冷淡的眼神將再次
刺破　彩色泡泡
那是母親洗著衣裳
你的小手在洗衣盆裡攪動
你們一起吹出的彩色音符

是的，你將再次，三次，無數次
刺破，剪破，割破
擋在前面的母親的背影
——用銳利的眼神

你沒有說出一個字
母親也沒有發出任何聲響
當你匆忙離去
母親彎腰收拾一地的
破碎的　自己

你不會知道
母親又把那些碎片塞進針插包
細密的針腳整齊地收藏好打結的線頭
一個飽滿鼓漲的針插
安靜地掛在牆上
等待著　期待著　忍受著
兒女無關緊要的　砰　的甩門聲
震痛　已經滿插著各種針頭的
一個百衲被似的針插

我很少這麼不負責任
廚房的碗盤
浴室的髒衣服
都因爲男人死了
而失去清洗的理由

這不是一場夢
而是一篇主婦日記

如果，我找到了我的月亮別針

二〇〇四年九月，唐捐主編，《震來虩虩——學院詩人群
年度詩集二〇〇二～二〇〇三》，萬卷樓圖書公司

晚間新聞

我就要走了
除了腳上的拖鞋

男人照例一邊吃著水果
一邊收看晚間新聞
就像我在日間
一邊刷洗他的汗衫
一邊搓著七彩的肥皂泡泡
好多好多彩色的夢啊
飛進每一間公寓的後陽臺

我就要走了
除了腳上的拖鞋

我燙好了他的襯衫
做好了孩子明天的便當
還多做了布丁果凍——
當孩子找不到媽媽
他們還可以吃著媽媽做的點心

我要走了
我什麼行李也不帶
除了無名指上的銅環——
好讓他從晚間新聞裡辨認是我

而拖鞋，我會悄悄放在湖邊
萬一男人沒認出我
至少還有這雙珠花拖鞋
證明我曾經來過

二〇〇四年九月，唐捐主編，《震來虩虩——學院詩人群
年度詩集二〇〇二～二〇〇三》，萬卷樓圖書公司

元配夫人

競選時
證明他
是個好人
（努力上進，孝順父母）

升官時
證明他
是個好男人
（齊家治國，內外兼顧）

緋聞時
證明他
是個新好男人
（週年節日，不忘鮮花
而且是個好爸爸，兒女都愛他）

元配夫人之爲用
大矣哉

（已經讓妳當「大」的了
還，吵什麼吵）

二〇〇四年九月，唐捐主編，《震來虩虩——學院詩人群
年度詩集二〇〇二～二〇〇三》，萬卷樓圖書公司

睡美人的睡前祈禱詞

根據童話
我必須睡著
在十六歲那年
被一個紡紗機的紡錘刺昏

但是慈愛的主啊
請原諒那個寫故事的人
他的粗心
使我的生活完全脫離現實
十六歲？睡著？
別開玩笑了

十六歲的我
高中一年級的我
確實被縫衣服的針刺傷
在訓練賢妻良母的家事課上

不過慈愛的主啊
我還是要感謝
感謝我可以因此沉睡一百年

我希望我醒來
一顆膠囊可以抵用三餐
這樣我就不必學會煮菜，在烏煙瘴氣的廚房
在睜開眼睛的前一秒
我希望吻我的不是英俊的王子

而是燦爛的陽光
因爲我等待光明甚於愛情

那時候我會剪掉我的長髮
因爲我怕另一個王子會走錯，走進我的故事裡
我還要換下蓬蓬裙，我必須快走
就算王子不來追趕我
也還有爸爸、媽媽、宮女、侍衛
一百年後終於復甦的宮殿
有很多人、很多事在等著我

當華麗的鏡廳奏起悠揚的舞曲
抛下公主的皇冠吧！
戴著輕便的鴨舌帽

像個野孩子吹著口哨
快速的出走

如果我已經沉睡一百年
更沒有理由再沉醉一百年
世界會變成什麼樣子？
我要一步一步　親自去查訪

根據我自己的童話
我會乖乖睡著
在十六歲那年
被一個模糊又堅定的意志催眠

二〇〇六年五月作

小紅帽變奏

小紅帽你
再也不需要
穿過　黑暗的　森林

媽媽已經走遠
爸爸到外地工作
但是叔叔會陪著你
祖父從田裡回來也陪著你
你是可愛的小公主
你是剛剛長成的維納斯
當你的臉頰泛起蘋果般的紅暈

他們猜想
也有顆紅蘋果日漸成熟
在你的體內，某處

怎樣的香味啊，誘發
無言而溼漉漉的觸摸
而你屏息靜聽
以爲這只是有關森林的亂夢
那是媽媽留給你稀薄的記憶
從前從前……

從前從前有個小紅帽
帶著媽媽做的點心去看外婆
外婆生病了
外婆家在遙遠的那頭

必須穿過幽暗的森林
但是你要小心，大野狼
會躲在森林的小路旁
大野狼會假扮成外婆
但是他有尖尖的牙齒
粗糙的手掌
和一張吃人的大嘴巴——

小紅帽，是誰買糖果買冰淇淋給你吃
你舔著
廉價的糖果融化，舌面上滿是色素
不純的冰淇淋，溶化
那種黏膩又噁心的感覺
怎樣擦都擦不掉

小紅帽，是誰啃咬了紅蘋果
又把果核留在你的體內
你遂產下一顆紅蘋果
像一頭駭人聽聞的母獸
倉皇地在森林裡
奔跑，恐懼的情緒霧一般瀰漫
你焦急地尋找著路，仍緊抱蘋果
蘋果般的
紅嬰仔

「哇嗚！哇嗚！哇嗚」
紅嬰仔啼哭了
黎明會不會到來？
路，應該是在那有光的地方……

附記：二〇一二年五月間，有社會新聞云，少女懷孕生子，涉案對象與內情複雜，輿論洶洶。此案令人憤激復感慨萬千，少女何辜！因取小紅帽故事改作。二〇一二年十二月廿二日，在Starbucks，第一次用iPad寫作；二〇一四年四月十七日完稿。二〇一五年九月九日修訂。

二〇一四年九月，陳皓、陳謙主編，銀河詩刊第一號

《1960世代詩人詩選集》，小雅文創公司

公主和小金球

假如我遺失童話的金球
你願意爲我撿拾嗎

然後你會敲響那座青銅雕飾的城門
而我，則用一根紫色薰衣草橫插在門扣上
當人們責怪我失信，爲何不開門
我說，很容易的，拔開薰衣草
我爲你實現三個願望

因我早已知道結局
人們用來教訓驕傲的公主

但幸運的是，及時的愛
拯救了全世界，包括
青蛙、公主和他們的城堡

現在，你坐在我對面
（你一直坐在對面）
無論是青蛙，王子，還是史瑞克
我都爲你煮飯，爲你洗衣，爲你生孩子
（這就是你的三個願望嗎）
我們的孩子圍繞在我們身邊
但他們會漸漸離開
像小學時，騎著腳踏車到同學家
而中學時，和同學一起去看電影
到了大學，更遠更久，離開家
終於，完完全全的走出我們的視線

如果我眞的遺失了童話的小金球
那麼是誰把它撿走，藏到哪裡去
是你嗎是你嗎
我覺得應該走回鏡子裡
雪后的故鄉，黑森林的小屋
或者任何一個可以隱身的地方

金球丟了就算了
我還留著一枝羽毛筆
那是靈感女神悄悄給我的
很久以前，在連續的白色的夢中
而，我將開始書寫
在遺失小金球之後

在躲進水晶瓶之後
在老年，孤獨一人之時

二〇一二年十二月十九日，Starbucks，iPad初稿
二〇一四年四月十六日完稿
二〇一五年九月　吹鼓吹詩論壇廿二號

美女與野獸——罰款篇

是誰摘了那朵玫瑰花
你就找他去
開張罰單給他
隨意攀折花木，破壞公園景觀
或是私闖民宅，盜取他人財物
罰款三佰銀圓
折合勞役二十一天
不服者拘提

什麼？摘花的是我父親？
他是個健忘的樵夫

你先幫他找回他的斧頭
他說掉在一個花園裡
天曉得那裡種著什麼花

噢？不是他，是我伯父？
他是個近視的獵人
他說射中一頭穿迷彩裝的豬
至於豬頭上有沒有插一朵玫瑰花
他說對不起我實在沒看清楚

難道是我哥
那一定是他按錯鍵
搞錯訂單
他想要的是蘋果而不是玫瑰
標誌的電腦

我姐我妹我姨我媽
是的，都有可能
偷摘一朵兩朵三朵
別人家花園裡的玫瑰花

但那都不關我的事

一朵花用一個女人的一生
來抵償
那是從來沒有也不應該
發生的事

二〇一四年八月十三日作
二〇一五年九月　吹鼓吹詩論壇廿二號

問友——在聖莫妮卡海邊

我們在海邊走著，我問
「這浪是從哪裡來的，海的那邊是臺灣嗎？」

就好像在問
這海浪會盪到哪裡才停止
你去國二十年
卻已經在這裡落腳
前幾年
一年一信一賀卡
越洋電話太貴
只有在彼此的婚禮前夕

我們才按下一長串的號碼
在電波線上互相祝福
一起告別少女時代

後來的幾年
你彷彿消失了，像地平線另一端的
太陽落下
而臺灣的早晨才剛剛開始
我忙著博士學位、工作和家庭
直到夜晚，仍然在論文、學生作業
和孩子的奶瓶尿布之間忙碌
只有夜半的夢偶爾帶我回去女校的時光
夢中的你在琴房練琴　而我
總是倚著長廊上的置物櫃
看書，看操場，看遠方的街景

和更遠更遠的
觀音山（我不太確定）
還有無法想像的遠的
太平洋——如果看得見，
我會努力墊起腳尖

此刻我眞來到了遠洋的這一邊
你說這裡是洛城最美麗的海岸
黃昏的彩霞尤其迷人
難怪我們一路驅車追趕
爲這夕照，爲這已經空白二十載的流年
而晚風微寒，幸好有咖啡爲我們暖胃
你說起，這二十年爲證照、工作和家庭忙碌
還有一段和鈷六十奮鬥的病史……
海風把你的聲音扯碎

在來不及捕捉的悲傷情緒裡
你淡淡一笑
我卻流下來不及安慰的淚

我們在海邊走著
沿著這堤岸，這碼頭邊的柵欄
就像往日放學時
一起沿著學校的圍牆
數著人行道上的樹和公車站牌
然後走到各自的車班站牌下
等著各自要搭的公車等著回家
等著一天的結束而明天我們會在學校碰面
啊　我們這麼相信明天
渾然不知明天就是
海角　天涯

天色越來越暗
風吹得更緊更寒
你催促我回到車上
我們還要轉回你城外的住家
「明天帶你去好萊塢逛逛！」
你略帶興奮的語調
讓我也跟著做起了繁華熱鬧的明星夢

夜色中
我們的車沿著海岸行駛
潮水依舊一陣一陣打上岸來
又一陣一陣撤退
我終究沒有問

這浪是從哪裡來的
這浪，會盪到哪裡才停止

二〇〇九年春，美國加州遊旅有感

十七歲那年

誰寵我，像　十七歲的女生
綠衣　黑裙　白襪　白鞋
迎著晨曦上學
我的書包裡
盡是淘氣的話語和天眞的笑聲
還有數學課要偷看的小說
英文課要偷聽的棒球賽轉播
國文課只能拿來畫圈圈
化學課　你醃製了皮蛋
我卻做了洗髮精
還吹了一屋子的泡泡

誰寵我，像　十七歲的女生
升旗典禮時我站在你後面
你的小腿好粗而我的皮膚也不美
塗塗抹抹的日記就像長滿青春痘的臉
怕人看見　只能期待二十歲的春天

音樂課時你和我聯手二重唱
抽到的曲子很難
我們草草唱完，有一點走音
老師給我們一個白眼
而我們羞澀地鞠躬下台
發誓，發誓——
總有一天我們要唱出好聽的歌聲

誰寵我，像　十七歲的女生
誰陪我，走回　十七歲時那一條晨光中的小路

我們也許重新穿上綠制服
假裝還是那乖乖的小女生
我們要一邊走一邊唱——
你開始煩惱校歌怎麼唱嗎？
我們要一邊走一邊說——
不再說哪個老師的笑話
我只想聽你說你這幾年怎麼過
你大學畢業以後在做什麼
你結婚了嗎你的小孩多大
你喜歡旅行嗎你喜歡巴黎還是倫敦
你去過東京去過紐約去過ＬＡ了嗎
你，回去過我們的十六歲、十七歲　和十八歲的校園嗎

誰陪我，走回　十七歲時那一條晨光中的小路
聽我讀十七歲時寫的詩
你不用回答我詩中的疑問
我們一起聆聽校園裡的蟬聲
發誓——我們已不是小孩，不必再發誓了
我們只要約定　一起收藏十七歲的夢
然後走向十八歲，二十八，三十八，四十八……
我們還是彼此寵愛著，像　十七歲的小女生

二〇一〇年八月二日作，與北一女同學聚會之後
二〇一〇年九月廿七日加州北一女校友會
「畢業三十重聚」晚會首發

重返・樂園

——二〇一〇年十二月十二日，
畢業三十年，重返北一女校園

就想這樣賴著
賴著你綠襯衫的肩膀
賴著一段美好的時光

1.

把十八歲以後的長髮剪掉
就算是「清湯掛麵」
也要重返我們的青春樂園

七里香的小路向前走
是高一的中正樓
密不透風的樓和窗
我們吶喊
給我空氣　新鮮的空氣
給我陽光　燦爛的陽光
闖過聯考酷刑之後的
靈魂不能忍受一點點的束縛

向右轉，是高二的至善樓
游泳池畔嘈雜的人聲與水聲
依舊抵不過我們合唱時的發聲練習
那一年有很多比賽
我們唱著
夜雨瀟湘　兩岸風

夜色茫茫　星月無光……
同是女聲卻有不同的音色
我們並不知道
未來的路也會不一樣

走下樓來，小花園是我們拍合照的地方
兩人一組的照片是我們特製的紀念冊
涼亭　石椅　龍柏　杜鵑
你噘著嘴兒我卻微笑看著鏡頭
喔不，是你笑出了小酒窩
我卻一點表情也沒有

再往前是光復樓，小櫃子
收藏高三人蝸居的歲月
當長廊投射一格格的晨光

當教室的門一扇扇關上
日與夜，唸書與考試
你痛恨青春如此循環
我比較安份，寫習題，做筆記
日子被藍筆和紅筆塗滿

是不是還有校園外的冒險？
比如說南陽街的補習班
公園號的酸梅湯
南海路的植物園　和×中的大盤帽
而總統府前的憲兵總是目不轉睛的
看著綠色的前方

但我只知道我們的世界很小
兩張桌子併起來

頭髮不用剪，上衣不用紮的
還畫著淡妝的小學妹
（他們是在慶祝誰的校慶）
（啊！青春合該是這樣一幅風景）

繼續向前走
高二樂班在中正樓
（不知道她們聽說過中正樓不能開窗的故事嗎）
你說，一定要照相留念
我們早已自動排成圓弧形
左邊，右邊，努力調整嘴角的弧度
三十年後的第一張返校合照
我怕我笑得太開心瞇了眼睛
（也偷偷拭去眼角溢出的淚水）
你呢，你對著鏡頭想說什麼

嗨，好久不見！
我是黃妹，那個被貼上大字報
全巴黎都知道你們在找我的黃妹

我是狗狗
當機立斷訂機票回國的狗狗
這是我這一生最好的決定

我是美良
沒有班機，也要從廈門走小三通
回來參加校慶的那位

麗莉　杏如　莉芬　愛娥
菁兒　淑眞　麗鈴　Boogi　Polly

還有誰還有誰
（我可不要忘了我自己）
請自動補位
不要漏掉這歷史性的一刻

高三樂班在哪裡
我要尋回那痛苦又令人懷念的歲月

至善樓邊間
現在的樂班好乖
拉起窗簾都在用功
（校慶耶，怎麼不出去走走）
（你不知道一月就要基測）
（比我們當年七月一日的聯考還要緊張啊）

往下俯看，小花園
搭起了園遊會的帳棚
游泳池被移到地下樓
外罩一個金字塔般的玻璃屋頂

是有一些改變
教室、校園、來往的綠衣人
已不是當年的我們
還找得到那間六扇門的教室嗎？
掛著高三樂班的牌子
記得我們把地板刷得很亮
門窗擦得很乾淨
開始抽籤換座位
讓高的和矮的混坐
讓最後一年的綠衣人

多多認識另一些同學
因爲，我們就要畢業了……

菁兒和Boogi輪流替我們照相
我們在人潮裡呼喚彼此的綽號
而Polly團長已不斷催促我們的腳程
（我們，我們是不是「三十重聚」返鄉團？）
你們，你們可不可以等等我
讓我再曬一下光復樓的陽光
撫摸每一座小櫃子的紋理
（噓，我有一個小祕密藏在櫃子
忘了帶走）

讓我靜靜的站在走廊下
看著人群因爲慶典而騷動

看著你，我，往日的身影
逐漸從這廊下的另一頭走來
而琅琅書聲和低聲交談的話語
也會跟著流進這場景

那麼，我會跟你說

就想這樣賴著
賴著你綠襯衫的肩膀
賴著一段美好的時光

綠襯衫，美好的時光……

二〇一〇年十二月廿八日作

從此，日子踏實

——寫於二〇一〇年十二月十八日，「三十重聚」會後的小聚之後。也為這一整年興奮的心情而寫。因為，獲悉故人無恙，則所有的牽掛，都已遠颺；此後，更是一種踏實、篤定的心情，期待日後的每一次相逢。

1.

塵封的往事都被打開
二〇一〇年的春天
有件事秘密進行著

像蜜蜂傳遞花語
雲爲我們在空中畫下
無人知曉的密碼

當我仰頭
用眼睛解讀平日的
風景都刷上懷舊的色調

戀曲一九八〇
我常在風中聽到那呼喚
綠色　就是最好的線索

我要向誰訴說
一種少女甜香的癡迷
儘管那兒也有酸澀的果實

我想提筆寫一首詩
等待三十年後的讀者
而腳步聲已一天天靠近

2.

你在email寫下三十年來的點滴
或者只是一兩句簡短的問候
都成為我想念你、想像你的最好依據

可以公開談戀愛的二十歲
你的感情之路可是一帆風順？
那個傢伙有沒有欺負你？

而轉眼間，我們錯過了彼此的婚禮
那本該由我當伴娘
陪你走上紅地毯

我們也錯過了彼此第一次
當媽媽的喜悅、驚慌和挫折
在奶瓶和尿布堆裡忘了其他的世界

工作的時候
我周遭只有同事和檔案夾
電腦和網路還是這幾年興起的事

是的，就像是個都市上班族
我曾經在咖啡館裡想起你
和一些過往的事

3.

三月，Dona, Polly& Boogi
這三個擁有英文名字的人
把我們一個個撿回來

編進一份秘密的譜牒
她們用「落網」的日期來編號
提醒我們又記起每一個人的生日

然後在四月，五月，六月，七月
一直到十二月，都有熱鬧的慶生會
在祝福聲和笑語中，昔日綠色的日子開始回來了

我怎麼會忘記你曾經坐在我旁邊
我們分享中午的便當
也分享一些瑣瑣碎碎卻極重要的事

那是你悄悄許下的願望
那是你無意間說出的生活感想
而我都牢牢記住

你知道嗎
我們曾經約定一起去環遊世界
我們會變得成熟更有智慧，我們這麼相信

4.

以為牢牢記住的
翻開日記本
才知道遺忘了許多

在我努力拼湊記憶的時刻
你親自訴說的那些往事
都成為我記憶中最耀眼的亮點

你說起，穿著飄飄的舞衣
跳「波斯市場」
還有家事課做蔥油餅

下課後衝去「綠門」吃香噴噴的牛肉麵
爲了KiKi裝，逛遍士林夜市
你的回憶裡儘是明亮溫暖的色彩

而我不知道的
得意或辛苦的經歷
你可願意細細告訴我？

也許那該在一個寧靜的夜晚
你會邀我
一起品味三十年別後的歲月

5.

十二月十二日是大團圓的日子
樂班餐桌上，三個氣球
裝的是花朵、笑臉和美酒

唱校歌時我偷偷的哭了
而你就站在我旁邊
像以往升旗典禮時，那樣筆直的站著

好的，我要學你這模樣
和你併肩站著
迎回往事的每一面旗幟

冷調子

心願
最想要的　卻
永遠不會實現

心聲
最想說的　卻
永遠沒人聽見

心病
最想染上的

卻已經和一切
愛恨絕緣

二〇〇一年七月廿一日　自由時報副刊

五色

——老子曰　五色令人目盲

深藍

像睡眠
欲望在月光下
匍伏前進

豔紫

比黑色更詭異
開在死神臉上的
一朵冷笑

灰

你這個中間派的傢伙
白色失去了純潔
因爲你

格子

別告訴我你喜歡格子色
不斷轉直角的人生
你爲自己建造無數的
牢籠

櫻桃紅

吻我吧
小酒窩

二〇〇一年六月　藍星詩學第十號

退

已經不是第一次了
被世界拒絕
我拾起鞋印
一步一步後退
迷途小鹿的眼睛
乾裂的鼻子
凍傷的蹄
一步一步後退
直到冬眠的洞穴

每盞燈都亮著
　每扇門都關著
這世界一直在下雪
我唯一靈敏的耳朵
　等待雪崩的聲息
　　我不走避
我將在雪浪裡狂奔
　讓飛雪如瀑
　　將我深埋

彼時，你來，讀我
　帶著一束光
讀我瞳孔中的
　最後一首詩

二〇〇四年九月，唐捐主編，《震來虩虩——學院詩人群
年度詩集二〇〇二～二〇〇三》，萬卷樓圖書公司

深秋

——新世紀元年，秋的側寫

從未感覺
如此貼近
這個城市的秋天

七個颱風過後
阿爸的咳嗽
比夜色更深更重
失業的阿兄
仍舊西裝皮鞋
在公園裡啃著冷飯團

而今早，他用最後一把銅板
買一疊十頁的廣告
足夠他慢慢消磨
直到準時回家吃晚飯

已涼的黃昏
下班的丈夫遞給我一張
打了八折的笑臉和薪水單
「兒子啊，明天起你不用再上鋼琴課」
「媽媽，學校早就沒有營養午餐了」
秋深了，第八個颱風會來否
常綠的榕樹都掉了葉子
從未感覺
如此貼近

這個城市，這個島國的

深　秋

二〇〇一年十一月十八日　台灣日報副刊

水・流・詩

——為南亞海嘯災民而寫

如今我們只剩下
一堆
漂流的意象了

面貌，模糊不清
嗅覺特別鮮明
魚的
貝的
蝦的
蟹的

水草的
鹹腥味以及
混雜著海沙泥土、破爛泳衣
手錶、腰帶、皮鞋、球鞋、拖鞋
男人的腳、女人的腳、小孩的腳
的腐臭味道

這一首用死亡的味道寫成的詩啊
是誰寫來獻祭給海神

而後，我們又聽到
一串
擁擠的音節

意義，模糊不清
發音特別響亮
印尼亞齊
峇里島
泰國普吉
ＰＰ島
斯里蘭卡
馬爾地夫
捨身救女的媽媽
抱樹存活的男孩
床墊上倖存的小娃兒
屋頂上的老人
以及拿著相機奔跑的新婚夫婦
的顫抖和喘息

這一首用死亡的味道寫成的詩啊
人們再用愛與勇氣
獻給
上帝
阿拉眞神
南無阿彌陀佛
以及深海的諸神鬼王

請收留那些孤魂
請收留
那些被海浪撕碎的靈魂
他們已是你的子民
請讓他們安歇

二〇〇五年六月　香港《詩網絡》十九期

早餐桌上

——詩人說：在早餐桌上
遇見一首好詩，便覺幸福。但……

在早餐桌上
遇見一根繩子
風穿過空虛的圓
年輕的靈魂
不再歌唱

在早餐桌上
遇見一盆炭火
滋、滋、滋、滋——

你的畫是一面圓鏡

——題陳澄波畫作「八卦山遠眺」

你的畫是一面圓鏡
收納鄉間所有的色彩和光影

那走在橋上的
是戴斗笠的農夫、披頭巾的農婦
以及兩三個閒人，他們互相借問
「呷飽未？你卜去兜？」

兩旁的樹側彎著身
你筆下的葉子總是橫長

剛好把遠處的村莊捧在手掌心
紅瓦古厝，幾根瘦高的電線桿
一條小路平擺在中央……
八卦山遠眺，你看見
鄉親做穡、歇睏佮迌迌的日常生活

墨綠　赭紅　檸檬黃
「我是油彩的化身」你說
那天邊的一列銀灰
是你明亮的藝術之眼
把未來的希望放進這面圓鏡當中

二〇一四年九月，《澄海波瀾——陳澄波百二誕辰東亞巡迴大展專輯》，台南市文化局

靈魂的碎片——悼高雄氣爆事件傷亡者

七夕就要到來
織女在銀河邊等待
喜鵲應該搭好了橋
傳說裡，這天銀河會特別閃亮
而織女會因重逢
流下欣喜的眼淚

天上，人間
是的，我們都相信
幸福會跨界而來

祭典什麼時候開始呢
我們期盼
獻給天上織女的香煙繚繞
獻給人間兒女的煙火
像千萬朵笑容　燦爛

但，那是何處飄來的
濃郁的煙硝味
而後　火光
像瘋狂的石榴爆裂
在夜與日的交界
在夢與醒
在織女鵲橋牛郎
在相逢與離別的交界

我們，我們如何相信
幸福與災難
同時到來也同時讓織女流淚
爲那可期盼與不可預知的
天上，人間
生離，死別

流淚吧
盡情流淚吧
呼天搶地頓足搥胸嘶吼吶喊
二〇一四沒有七夕沒有情人節
織女沒有踏上鵲橋

橋塌了路斷了
夢裂了心碎了

哭吧叫吧怨吧恨吧
把一切的災厄
挖開推走刨光剷平
直到天上與人間
可以重新搭一座跨界的橋

引渡深埋的軀殼
撿起靈魂的碎片
一路好走

——二〇一四年八月一日七夕前，
於東京旅次驚聞高雄氣爆災害事件，以詩哀悼傷亡者。
二〇一四年八月六日，齊東詩舍臉書專頁發表

立春的河水——悼復興航空空難事件

二月四日，立春。這世間的萬物，包括
岸邊的一草一木，水底的一沙一石
都準備挪動身子，開始一段新的旅程

你們本是乘風而起
飛過河跨過海
你們很快就會回家或者
去到一個新奇的地方遊玩

但命運的翅膀突然向左傾斜
黑盒子錄下駕駛艙最後的對話

卻無法傳達你們最後
三分廿三秒的驚恐，尖叫，哭泣
以及來不及說出的——
翻覆倒吊直衝的幾萬分之一的秒數裡
心中湧起的種種有關愛與恨的碎片

想像你們在河底漂游
每一道水紋都負載你們的哭聲
每一道漩渦都糾結你們的掙扎
污濁的水挾帶泥沙而去
請，請，請耐心在水下等待
救難隊會來尋你
家人會來召你喚你
你們的心要放下
愛與恨都要放下

在立春的這一天
你們來不及回家來不及去遊玩
但你們會像岸邊的一草一木
水底的一沙一石
輕輕挪動身子，開始一段新的旅程
一段寧靜安詳的旅程

儘管立春的河水這麼冰冷
儘管立春的河水這麼冰冷

——二〇一五年二月四日復興航空班機墜毀，發生空難，以詩悼之。
二〇一五年二月七日作，並發表於個人臉書網頁

孩子，你在我懷裡——悼「二一六」震災受難者

孩子，你在我的懷裡
我用背脊當你的屋樑
我的腹肚就是你的眠床
你哭了你餓了你笑了你渴了
尿布溼溼小屁屁不舒服
把拔都知道
因爲你的小眼睛對我使個暗號
我只要感覺
你是巴著我，或是想要掙開我的懷抱
我就知道你想要做什麼
我知道你喜歡直立式的抱抱

勝過小搖籃式的抱抱
我知道你喜歡蹬著腳好像要賽跑
勝過把拔的拍拍叫你趕快睡著

孩子，你在我的懷裡
我用雙手抱緊你
像巨人撿到一個寶貝
還沒想好要藏在哪裡
我們的花園已經地動天搖
凌晨的震盪來得突然來得忒猛
我只有用力圈緊我的臂彎
像一座堅固的城堡
並且祈禱
地震快停天快亮

石塊不會壓落下來
鋼筋不會刺穿我的背
因爲，孩子，你就在我
溫暖的懷抱裡
你是我的心肝我的寶貝

已經多少時辰了
孩子，你在我的懷裡
地不搖了但天還沒亮
如果把拔比你先睡著
你一定要用宏亮的哭聲
吵醒把拔
如果把拔要賴不睜開眼睛
你就繼續哭繼續哭
告訴牆外的大人

你在這裡
你要看見天亮
你要長大要平安長大

附記：二〇一六年二月六日，六點四級地震重創台南，維冠大樓災情嚴重，報導云有兩位父親以身護兒，但懷中出生僅十日、六個月大的嬰兒仍與其父一同死難。經搜救數日後，亦有多起類似事例。慟哉！

二〇一六年二月九日作

卷五

薄荷糖的憶

因為

因爲花　所以芬芳
因爲淚　所以晶瑩
因爲愛　所以流浪
因爲美　所以寫詩

因爲月光　所以潛逃
因爲輕風　所以飛翔
因爲寂寞　所以歌吟
因爲孤獨　所以沉思

二〇〇二年十月廿三日作

二〇〇四年九月，唐捐主編，《震來虩虩——學院詩人群年度詩集二〇〇二～二〇〇三》，萬卷樓圖書公司

薄荷糖的憶

湖水般的綠
是我們的戀

一點點甜
迴旋在我的舌間

沁入肌膚的清涼
像透明的夢

有關薄荷糖的憶
都寫在早晨的風中

二〇〇一年十二月八日　中央日報副刊

金柑糖的童年

橘子味的小糖球
是一顆等待的心
白紋線爲它畫下
時間的年輪

酸，是它
最後的暗示

而白瓷杯裡晶亮的紅茶，說
一起在她的舌尖跳舞吧

二〇一一年十月廿七日作
二〇一四年九月，陳皓、陳謙主編，
銀河詩刊第一號《一九六〇世代詩選集》小雅文創公司

等待糖的咖啡

黑是你的本色
苦是你發自最深處的音節

如果你隱藏微酸的心事
你的別號是藍山
如果你堅持書寫濃郁的墨色
你是曼特寧，你將在重重苦澀的
記憶中回甘
狂野，如果你的眼神這麼暗示
則你是衣索匹亞的烈日下
不肯馴服的沙漠風暴

我孤獨的影子倒映在你深沉的眸底
小匙無意識地攪拌著，等待著糖的
你，我

二〇一一年十月廿七日作
二〇一三年七月　乾坤詩刊六七期

紅與白

——和紅豆湯圓
無關的一些事

白的是小魚
紅的是花瓣
還有赭紅的小圓石
在白瓷底靜臥

都說那是相思
沉沉浮浮的小湯圓又怎麼說
冬至
眞的是　冬　至

原點

生命的原點
只是一點　一點的　黑
是什麼牽動了墨色
奔流　滑行
形成一幅　一幅的水墨
畫
黑與白　濃與淡　點與線
還有溢出宇宙的光暈

一切有形
都由一個原點　出發

——觀賞現代詩選課學生洪慧小姐「臉‧基因」水墨畫展有感，二〇〇四年六月，台北NGO會館展出。

二〇〇四年六月廿四日作

小提琴速寫

婀娜的身形
幽幽的琴音
誰能給你倚靠的肩膀
——不再泣訴

二〇〇六年五月　笠詩刊二五三期

弦・緣

——梁祝小提琴協奏曲側記

每一根弦都是宿世的因緣

第一根弦牽引你的髮
第二根弦牽引你的衣
第三根弦牽引你的眼　你的笑
第四根弦啊第四根弦
怎麼牽不住你的手
牽不住一條通往來生的路
那路，蝴蝶飛舞
每一朵音符寫下

樓臺相會敬告天地的密碼
你聽見了嗎
你聽見了你就踏上
第四根弦
　第三根弦
　　第二根弦
　　　第一根弦
踏上我的右手小指尖
像蝴蝶飛舞
我會認出你斑斕的花紋
像蝴蝶飛舞
我會認出你靈魂的觸角
刻鏤的密語——

每一根弦都是宿世的因緣

二〇〇六年五月　笠詩刊二五三期

卷六

時間的邊境

你仍然靜默
若你是時間的銅雕
則你眼中的我
是一粒不肯散去的塵埃嗎？

海風驟起
我的衣衫鼓起如翼
我果眞輕如鴻毛
而你靜定的眼神
收納我破碎的影子——

你是時間之岩
你負載著
地、老、天、荒

那是
時間的重量

二〇〇四年九月，唐捐主編，《震來虩虩——學院詩人群年度詩集二〇〇二～二〇〇三》，萬卷樓圖書公司

巴黎・春雪

還會下雪嗎
即使是一滴滴
像銅像鼻尖上的白泡泡
那個拿畫筆的男人在羅丹的庭園
罰站很久了
再給他一件雪袍
他應該不會在意

沉思者，也，沉思很久了
他坐在高台上
俯瞰著這雕塑的庭園

春草初綠
但他眼中卻浮現一層
一層　的薄霧
白色的思想　白色的憂鬱
青銅色肌膚也染上
點點花白的嘆息

看著我看著我
看著我的眼睛裡全是白霧
看著我看著我看著。。。。。。
霧重了濃了
在我眼裡跳舞的是
點。點。春。雪。。。。。。
嬰兒眼淚那樣透明的白
少女凝眸那樣透明的亮

沉思者的頭上肩上膝上腳趾上
點。點。春。雪。。。。。。
片*片*花*舞*****
白色的
白色的
這世界不要憂鬱不要嘆息
只要透明的透亮的思想的白

——二〇一二年二月巴黎之旅，羅丹美術館雪景隨想
二〇一四年八月三十日作
二〇一四年十二月　創世紀詩刊一八一期

巴黎・鐵塔・我們

你是賽納河畔
一抹纖細的身影
A字黑色長裙
亮晶晶的珠串　點綴
二〇〇七溫暖的春節
當暮色降臨
灼亮的星群失色
廣場人們　靜默
臣服在你的法式優雅之下

巴黎・馬卡龍隨想

X'mas之後的巴黎
元旦之後的巴黎
已然是晴朗的
二月，春裝上場
巴黎女人想戀愛了

糖果店就在鬧區大街
蘋果綠混一點法國藍的門窗
輕輕一推
就進入夢幻的世界

覆盆子　少女淺淺的吻
檸檬　酸得優雅
香草　細緻
焦糖　南方的熱情
巧克力　恰到好處的甜和苦
開心果　翡翠色的小東西
玫瑰花瓣　香氣是她的語言

乍暖還寒，冷呵
搓搓手　哈哈氣
七個秘密收藏在小舟裡
多彩的　跳動的
北地忍不住的春天
需要黑咖啡坐鎮

杜勒麗花園的花草仍然乾枯
春天的腳步有點慢
但是巴黎的女人想戀愛了
她的短裙長靴
趴搭趴搭
她到哪裡
春天就跟著來了

想戀愛了
女人，在巴黎

——記二〇一二年二月，巴黎杜勒麗花園的馬卡龍下午茶
二〇一四年十月十四日作

風車的國度

是風　吹動了你的髮
是風　吹動了你的絲巾
是風　吹動了你米白的衣角

跳舞吧
旋轉吧
在磨坊的底層
你是繫上圍裙的小姑娘
把麥粒倒進滾筒讓他們碰撞
然後輕輕篩著麵粉
像輕輕搖動夢的溫床

歌唱吧
朗誦吧
在風車古堡的閣樓上
你是戴著頭巾的小姑娘
把顏料倒進滾筒讓他們碰撞
再仔細裝進透明的玻璃管
排列成彩色的管風琴
紅　橙　黃　綠　藍　靛　紫
1　2　3　4　5　6　7

是風　吹動了你烏黑的髮
是風　吹動了你紫紅色系多彩的絲巾
是風　吹動了你米白雙扣方領風衣的衣角

你舞著你唱著你寫了一首詩
在風車的國度
在很久很久以前的童年

——記二〇〇七年二月，荷蘭「風車村」之旅，
獻給風車的國度也獻給童年時閱讀的故事，
那個賣牛奶的女孩和勇敢堵住堤防漏洞的小男孩。

二〇一四年十一月十六日作
二〇一五年八月十九日　聯合報副刊
入選蕭蕭主編，《二〇一五台灣詩選》，二魚文化出版社

日夜爲你寫詩
用靜謐的藍和純潔的白
一篇又一篇
我是崖邊永不凋零的浪花

——二〇〇九年四月，旅遊美國加州赫氏古堡（Hearst Castle）。
古堡位於舊金山和洛杉磯之間的聖西蒙（San Simeon），
為美國報業鉅子William Randolph Hearst（1863-1951）所建。

二〇一一年十月　乾坤詩刊六十期

海的呼吸是一種寧靜

——UCSB校園潟湖畔隨想

海的呼吸是一種寧靜
均勻的吐納
幼細的聲紋
悄悄滲入這一潭綠水
水面浮萍簇擁著，嚷嚷著
有關早春的消息
而雨季，剛剛結束

是的，雨季剛剛結束
這裡已儲存足夠的雨水

接下來是杏子結果的四月
那時天空會和海水一樣藍
而四處遊盪的風
總是哼著歌
並且帶著春天的口音

五月是屬於初夏的
六月也是
早晨的氣味夾著青草味和泥土味
而草坡上
松樹張起了綠網
正午的陽光炫目卻溫暖
瞇著眼只見
水上悠遊的白鵝
與堤上自遠方降落的鵜鶘

牠們低頭劃下幾道覓食的痕跡
也爲了一種猜不出的理由
昂首高歌

黃昏最美，美在
夕陽把草叢的影子拉長
爲這湖蓋上一襲柔軟的輕紗
小小的漣漪被觸動
一層　一層
淡去　遠去
而海就在遠方……

海，在遠方
海的呼吸是一種寧靜
均勻的吐納

幼細的聲紋
悄悄滲入湖邊沉思的
我——
經春歷夏，一個來自亞熱帶的
訪客的呼吸中

——記二〇〇九年春夏，美國聖塔芭芭拉加州大學訪問研究半年
二〇一一年三月三十日作

煙花盛開的時候

煙花盛開的時候
你會再來嗎

夏之夕
卻有紫色朝顏綻放
少女的浴衣
粉紅櫻花也喧鬧著
鬢邊的珠串
無風自搖
在旅人凝視的眼底

爲一場七夕的花雨而來
當你仰望
重重花瓣爲你而開
如繁星散落
光啓，光滅
瞬間的交會
永世的嘆息

你願意嗎
如果生命是一場又一場的華宴
像這夜空不斷上演
一幕又一幕的光之舞
你希望再來一曲又一曲的
華爾滋圓舞曲
好讓你優雅地旋轉

或是一章又一章的交響樂
你會仔細聆聽
迎接多樣的音符滲入你的靈魂

你是否有小小的擔憂
當煙花跌落遠方的河谷
人群潮退
草地裡再也無法撿拾
昨日嘈雜的笑聲……

你會再回來嗎
當煙花盛開的時候

——二〇一四年八月五日初稿，與浩偉、王喆、
胤任同看日本仙台七夕祭開幕花火祭。
二〇一四年十二月　創世紀詩刊一八一期

國家圖書館出版品預行編目

尋覓,在世界的裂縫 / 洪淑苓著. -- 一版. -- 臺
北市 : 釀出版, 2016.07
面 ; 公分. -- (讀詩人 ; 88)
BOD版
ISBN 978-986-445-122-7(平裝)

851.486 105008767

讀者回函卡

感謝您購買本書，為提升服務品質，請填妥以下資料，將讀者回函卡直接寄回或傳真本公司，收到您的寶貴意見後，我們會收藏記錄及檢討，謝謝！

如您需要了解本公司最新出版書目、購書優惠或企劃活動，歡迎您上網查詢或下載相關資料：http:// www.showwe.com.tw

您購買的書名：____________________

出生日期：________年________月________日

學歷：□高中（含）以下　□大專　□研究所（含）以上

職業：□製造業　□金融業　□資訊業　□軍警　□傳播業　□自由業

□服務業　□公務員　□教職　□學生　□家管　□其它_____

購書地點：□網路書店　□實體書店　□書展　□郵購　□贈閱　□其他

您從何得知本書的消息？

□網路書店　□實體書店　□網路搜尋　□電子報　□書訊　□雜誌

□傳播媒體　□親友推薦　□網站推薦　□部落格　□其他__________

您對本書的評價：（請填代號　1.非常滿意　2.滿意　3.尚可　4.再改進）

封面設計____　版面編排____　內容____　文／譯筆____　價格____

讀完書後您覺得：

□很有收穫　□有收穫　□收穫不多　□沒收穫

對我們的建議：____________________

____

____

____

請貼
郵票

11466
台北市內湖區瑞光路 76 巷 65 號 1 樓
秀威資訊科技股份有限公司 收
BOD 數位出版事業部

....

（請沿線對折寄回，謝謝！）

姓　　名：＿＿＿＿＿＿＿＿　年齡：＿＿＿＿　性別：□女　□男

郵遞區號：□□□□□

地　　址：＿＿＿＿＿＿＿＿＿＿＿＿＿＿＿＿＿＿＿＿

聯絡電話：（日）＿＿＿＿＿＿＿＿＿＿（夜）＿＿＿＿＿＿＿＿＿＿

E-mail：＿＿＿＿＿＿＿＿＿＿＿＿＿＿＿＿＿＿＿＿